생의 찬가

- 감사와 사랑의 노래 -

김 성 숙 시화집

문학들

꽃은 자기에게 물을 준 사람을 잊지 않는다고 했다. 돌아보면 내 생의 마디마다 수호천사처럼 내게 눈을 돌리고 물을 준 귀인들이 있었다. 그 따스한 사랑과 도움의 손길 덕에 오늘의 내가 있다.

한때는 진리를 탐구하던 구도자의 길에서 나아가 세상의 학문을 연마하며 보낸 해외의 십년 세월에서, 대학교수로 미술교육자로 한 세상을 살고 화가로 작품 활동을 해오면서 내 생의 한가운데 신은 다양한 모습으로 수호천사들을 통해 길을 인도해 주셨다. 이제 시인으로서 첫 시화집을 세상에 내놓으며 감사의 마음 가득하다.

매일 아침 눈을 뜨며 다시 태어난 기쁨과 새로운 삶에 감사한다. 이 우주와 지구― 그 영원한 시간과 공간 속에서 살아 있는 존재로서의 나, 그리고 나와 소중한 인연을 맺은 모든 분들께 오직 감사할 뿐이다.

먼저 내 시의 영감의 원천이신 하나님과 어머니께 감사를 드린다.
"매일 한 편씩 시를 써 보세요" 첫 통화에서 나를 시의 세계로 이끄시고 꾸준한 격려와 조언으로 시인으로 성장하여 첫 시화집을 발간하는 계기를 마련해주신 강석진(세계문인협회 부이사장, 세계미술문화진흥협회 이사장) 회장님께 깊이 감사드린다. 또한 시인으로의 등단과 시화집을 내는 데 시적 조언을 해주신 김용하(전 광주시인협회 회장) 교수님께도 진심으로 감사드린다. 평생 니체연구자로서 철학자의 시선으로 옥고를 선물해주신 성진기 전남대 명예교수님께 머리 숙여 감사드린다.

아울러, (사)대한민국문학메카본부의 황하택 이사장님과 현대문예 작가회 이예성 회장님을 비롯한 관계자 여러분의 따스한 성원에도 두루 감사드린다.

서정시의 일부는 주말마다 아름다운 자연을 찾아 함께 걷고 대화하며 영감을 준 삼미인 덕분에 탄생한 것으로 감사의 마음을 전하고 싶다.

내가 시를 쓰고 그림을 그린다는 것은 진공의 시간으로 들어가 '우주 생명의 에너지와 교감하는 일'이며 자아를 체험하는 일이다. 내게 생명을 주고 순간순간 나를 숨 쉬게 하고 고마운 인연들과 매일 새 삶을 열어 주시는 신과 대화하는 시간인 것이다.

겸허한 마음으로 배우며 정진하고자 한다. 새로운 세계로의 비상을 위해…

2024년 새해 아침

김성숙

순수한 언어로 빛나는 서정의 시 세계

강석진 _ 시인·화가·경영학박사

(사)세계문인협회 부이사장·(사)세계미술문화진흥협회 이사장·전 GE Korea 회장

대자연과 마음의 소통을 담은 서정적인 향기를 품은 감성적인 시화집을 출간하는 예술학박사 김성숙 교수님에게 축하의 메시지를 보낸다.

김성숙 시인·화가는 대한민국의 예술학, 특히 미술교육학 분야에 크게 기여해온 대학교수로서 사단법인 한국미술교육학회와 전국여교수연합회의 회장을 역임해온 분으로 학계에서는 널리 알려져 있는 분이다.

예술학 분야의 전문 지식과 화가로서의 탁월한 재능으로 주변의 많은 지인들로부터 존경을 받아온 그에게 필자는 그의 예술과 문학 분야의 깊은 생각들을 시로 표현을 한다면 그만의 특별한 시가 될 수가 있다는 생각에 시를 써 보도록 추천을 하였다. 그는 매일 그만의 느낌과 생각을 담은 시를 자연과 마음의 대화를 나누며 쓰기 시작하였고 수백 편에 달하는 그의 순수한 시들이 주변의 지인들을 감동시켰다.

10년간 외국유학에서 그림을 그리며 예술교육학을 전공, 국립대학 미술교육과 교수로 국내외 학계에 잘 알려진 그가 시를 쓴다는 사실 자체가 세상을 놀라게 했다. 작년에 그는 문학세계에서 인정받는 현대 문예지의 시 부문 신인상 당선자로 등단하여 시인으로 평가를 받았다.

어쩌면 그는 우주의 창조주께서 내려준 재능을 한꺼번에 받은 귀 인인지도 모른다. 화단에서도 이미 열정적으로 미술계 활동이나 국내 외 각종 전시회를 통하여 화가로서의 역량을 빛내고 있다.

김성숙 시인은 이번에 출판하는 그의 첫 시화집에서 시인이자 화 가로서 진솔하고 순수한 감성을 유감없이 발휘하고 있다. 그의 시와 그림을 통해 보여주는 예술적인 영혼의 울림은 독자들에게 큰 감동을 안겨주는 동시에, 척박한 이 시대를 적셔주는 단비가 될 것이라 믿어 의심치 않는다.

이제 서정적인 시와 그림이 어우러진 이 작품집을 통해 '김성숙'이 라는 이름 석자는 시인이자 화가로 사람들에게 기억될 것이다. 대자 연과 함께 나누어온 그의 순수한 마음의 대화를 정리한 시들은 우리 의 마음을 정화시키며 감동을 준다. 순수한 소녀와 같은 그의 마음이

담긴, 그러나 한편으로 등단 시의 심사평처럼 "성숙한 자아성찰의 메시지"이기도 한 그의 시들과 미술 작품들은 예술세계에서 각광 받으리라 본다.

김성숙 시인이자 화가는 독특한 우주관과 자연에 대한 깊은 애정을 가지고 우주의 모든 것을 창조하신 창조주를 종교를 초월한 열린 마음으로 받아들이고 있다. 이렇게 자신을 우주와 대자연 속의 하나로 받아들이는 그의 정신이 이번에 출간하는 그의 시와 미술작품들에 표현되어 있다.

이번에 출간하는 김성숙 시인의 『생의 찬가』 시화집에 담긴 시와 미술 작품 세계가 우리 인간이 우주와 자연의 품 안에서 함께 사랑하고 감사하면서 자연과 소통하는 열린 정신세계를 보여주게 되기를 기대한다.

김성숙 시인·화가의 작품들이 독자들의 가슴을 울리는 예술의 향기로 작용하기를 바라는 마음으로, 이번 첫 시화집 출판을 진심으로 축하하며 한국 문단의 큰 별로 거듭나게 되기를 진심으로 기원한다.

'생의 찬가' 시화집 출간을 축하하며

김용하 _ 시인·수필가

전 광주시인협회 회장·조선대 사범대 겸임교수

먼저 김성숙 시인님의『생의 찬가』시화집 출간을 축하합니다.

저는 2018년경에 시내의 한 미술관에서 열린 초대 개인전시회에서 수준 높은 작품들을 감상하며, 작가이신 김성숙 광주교대 미술교육과 교수님을 만나 작품 설명을 듣게 되었습니다. 이후 제가 광주문화재단의 창작지원금을 받아 시집을 발간할 때, 현재 광주 한국도시공사의 소장품이 된 김 교수님의 '무등산Ⅰ' 일출 그림으로 표지화를 삼는 영광을 누렸습니다. 이런 연유로 간혹 교류를 하던 중, 교수님이 평소에 그림뿐만 아니라 수백 편의 시를 창작하고 계심을 알게 되었고, 시인으로의 등단과 시화집 발간에 미력하나마 가이드 역할을 해드리게 되었습니다.

긴 세월 미래의 초등교사들을 지도·육성해온 교육대학교 교수님으로서, 인간적인 사랑과 효심, 깊은 신앙과 이웃에 대한 배려, 자연에 대한 통찰적 교감을 통한 수준 높은 서정적 시에 본인의 그림을 조화롭게 담아 생명에 대한 감사와 사랑의 첫 번째 시화집을 탄생시킨 것입니다.

　평소에 창의적 리더십과 추진력으로, 사단법인 한국미술교육학회 회장 및 전국여교수연합회 회장·이사장 등 교육과 사회에 선도적인 다양한 활동을 해오셨습니다. 그 경륜을 바탕으로, 이제 김성숙 시인님의 순백의 언어들이 독자들에게 다가가 새로운 생명력과 감동을 불어 넣고, 문단의 샛별이 되어 수많은 분들에게 시화詩畵의 향기를 드높이시기를 기대하면서 축시로써 재삼 축하의 뜻을 표합니다.

　　그대는
　　바람결에 묻어온
　　향기런가

　　창공을 나르다 쉬어가는
　　한 마리의 작은 새였던가

　　지친 날갯짓을 멈추고
　　메마른 나뭇가지에 살포시 내린 그대는

정녕 황혼의 보헤미안인가

어느 산모롱이에서
푸른 날을 보내고
구름 스치우는 은회색 하늘과
한밤중 별들의 소색임을 듣는
메마른 나뭇가지에
살포시 깃을 내리는 그대는
시크릿 가든의 여왕이런가

세상의 빛나는 광채와
찬란한 유혹도
한낱 회억과 고독의
장신구였음에

그대의 손길이 스칠 때
잉카의 전설처럼
황금의 나래로 하늘을 비상하는
콘돌의 여왕이 되리라.

차례

1 마음으로 보는 세상

2 | 자연의 순환 속에서

3 사랑을 찾아서

4 소소한 일상에서의 기쁨

5 자신과의 대화

6 더불어 함께

7 | 더 좋은 세상을 꿈꾸며

1

마음으로 보는 세상

겨울 산행

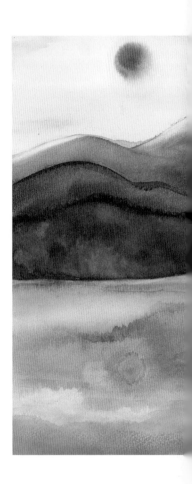

찬바람 맞으며 길을 걷는다
동적골 접어들어 무등산 자락이 보이면

살얼음 밑으로 시냇물 흐르는 소리
푸드득 산새 날아가는 소리

어쩌다 언 땅에 고개 내민
작고 노오란 민들레꽃들

치유의 숲 경사진 산길
구불구불 돌아 오르다 보면

발밑엔 파삭파삭 가랑잎 소리
바스락거리는 낙엽들과의 대화

삶과 죽음
대자연의 순환을
넌지시 일깨워주는 겨울 산

어느 산사에선가
아스라이 들려오는 범종소리

1월의 무등산 · 2019

깊은 여운 남기며 청정심 일게 하네

* 2023 『현대문예』 127호 김성숙 신인상 작품

▌백목련

수줍은 듯
하이얀 송이송이
저마다 뽀얀 봉긋한 얼굴
그리움으로 하늘을 향하네

얇은 비로드처럼
보드라운 네 살결로
내 마음 어루만지고
은은하고 좋은 향기
속세의 시름을 잊게 하네

푸른 잎새 치장 하나 없이
마른 가지 끝마다 벌어지는
봄맞이 하얀 꽃 잔치

순결하고
고귀한 봄 신부들의
눈부시게 흰
생명의 합창이여

* 2023 「현대문예」 127호 김성숙 신인상 작품

달과 함께

옷깃을 여미고
밤길을 걷는다
혼자인가 했더니
날 반기는 친구가 있네

나뭇가지 사이로
환하게 인사하는 둥근 달
컴퍼스를 대고 그린 듯
선명하게 아름답구나

별도 없는 밤
걷다가 멈추면
저도 멈추고
움직이면
절로 따라오네

겨울 나목 사이로 얼굴 내밀다
잎 무성한 상록수 뒤로 숨었다가
저랑 나랑 정겨운
눈맞춤하네

'푸른 길' 농장다리를 지나
되돌아오는 길
푸근한
마음의 밀어를 나누네

▌봄꽃이 피고 지고

화사한 봄날의 산책길
벚꽃이 꽃바람 되어
눈송이처럼 날린다

이마 위로
무수히 떨어지는 연분홍 꽃잎들
저마다 안녕을 고하며
작별의 인사를 나눈다

짧으나 황홀했던 분홍빛 시간들
꽃길 저만치에 어느새
붉은 영산홍이 무더기로 날 반기네

벚꽃과 철쭉 사이
앞서 핀 빠알간 마음의 고백
이제 네 시절이로구나

4월은 온 천지가
봄꽃 연가로 흐드러지는데

어느새 꽃들은

피고 지고

또 한 번의 계절이 지나고 있네

유희 · 2022

▎섬진강 벚꽃길

눈이 부시게 굽이굽이
이어지는 하얀 벚꽃길
흩날리는 벚꽃 사이로
화사한 웃음꽃이 피어난다

그리움으로 맞닿아
하늘조차 가려진
흐드러진 벚꽃터널을
꽃비를 맞으며 걷는다

이런 황홀한 순간은
다시 오지 않으리
시간도 삶도 흘러가고
모든 것은 변하니

구례 삼백리
탄성을 자아내는 벚꽃길 따라
연분홍 봄의 정취에 취하며
마음으로 주고받는
사랑 이야기

6월의 장미원

실낱같은 초승달을 바라보며
철 지난 장미원을 걷는다

시들어버린 장미에서도
희미해진 추억처럼
은은한 장미향이 난다

오월의 장미축제
그 휘황한 조명 아래
저마다 독특한 향기와
아름다움을 뽐내던 장미꽃들

이제는 잊혀진 채
어둠 속에서 속절없이
빛바래져가고 있다

하늘엔 불그레한 저녁노을의 여운이
수채화처럼 곱게 남아 있는데

한 잎, 두 잎 변색되어가는 장미들이
여인의 일생과도 닮아 있어

26

슬퍼하지 말라고
아직도 아름답다고
위로의 말을 건네며
꽃잎을 쓰다듬는다

▌백련

이제사
내가 너를
처음으로 만났구나

이리도 순백의 흰색
소담스러운 자태
절제된 아름다움이
곱고 눈부시다

진흙탕 물속에서도
하늘을 사모해
위로 위로 올라와

백옥같이 눈부시게
피워낸 순수의 빛
청결하고 고귀한 너와
사랑에 빠진다

생명 · 2019

새하얀 꽃잎들
황금빛 꽃술
유연한 곡선미를
자랑하는 둥그런 잎들

세속의 더러움을 정화시키는
묵언의 가르침이여

▌여름밤의 연가

여름의 막바지에서
이제 떠날 때가 되었는가

호소하듯 애원하듯
때로는 절규하듯
커졌다 작아졌다
높아졌다 낮아졌다

귀 기울이면
사방 숲에서 들려오는
풀벌레의 울음소리

귀뚜라미 소리인가
쓰르라미의 연가인가
사랑의 짝을 부르는 소리

향긋한 산내음을 들이마시며
보슬비 내리는 여름밤
무등산 자락
동네 한 바퀴를 걷는다

너는 누군가를 저리도 애타게
불러본 적이 있는가?

커다란 물음표를
가슴에 안고

보름달

한가위에는
누구나
크고 둥근 보름달을
선물로 받게 되지

가슴에
두둥실 떠오르면
미움도 원망도
사르르 녹아내려

오랜만에 서로 만나
따스한 사랑 나누며
함박 웃음꽃 피우네

자연의 순수함으로
본래의 선한 마음으로
우리의 마음을 바꾸는

보름달은 신의 은총
평화의 메신저
사랑의 큐피트

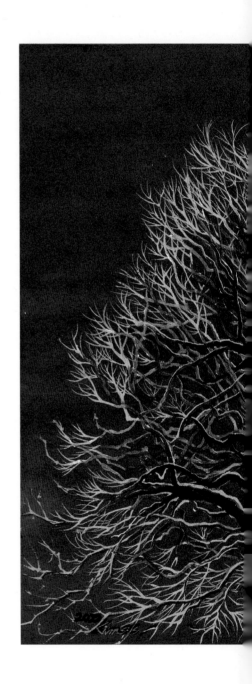

Moon Story · 2022

꽃무릇 예찬

위로 위로
정기를 끌어모은
간절함으로

타오를 듯 붉은 환희
꽃으로 피워낸
지극한 정성이여

한 줄기 연초록빛
가녀린 몸매에
작은 잎새 치장 없이
화려한 빠알간 꽃

잎은 잎대로
꽃은 꽃대로
어긋난 운명이기에
상사화相思花여

한 뿌리에서
꽃이 피고 잎도 나는데

어찌 못 만나는 운명이랴
이미 한 몸인 것을

그리움 삭여내어
꽃이 되고
잎이 되었나니

신성해진 한 몸이로다
아름답고 신비한 꽃이여
신께 올리는 기쁨의 제물이어라

▍너를 데려와

아침 산책길에서
단풍잎을 줍는다
노랑, 주황, 빨강
밤색, 자주색의 예쁜 단풍들

연둣빛 새싹으로 태어나
봄바람에 흔들리며
초록 잎으로 성장하고

여름 장마와 세찬 비바람에도
강하게 짙푸름을 더해가던 너

울긋불긋 단풍이 되어
온 천지 황홀하게 물들이더니
어느새 낙엽으로
수북이 쌓이는구나

이제 나와 함께 집으로 가자
따스한 곳에서 편히 쉬려무나
향기로운 차향 함께 맡으며
너의 지난 이야기 들려주렴

대화 · 2022

순환 · 2008

▌아름다운 작별

노란 꽃잎들이
줄지어 떨어지듯
황금색 융단을 환하게 깔며
우수수 떨어지는 은행잎들

나비처럼 춤을 추며 내려와
주위를 온통 황금빛으로 바꾸네

꿈꾸듯 올려다보면
날아오르는 듯 내려오는 듯
날갯짓하는 수많은 노란 나비처럼
연이어 지상으로 떨어지는 낙엽들

넌 나비가 되고 새가 되어
가볍게 빙글 돌아 떨어지며
나무와 아름답게 작별하는구나

나도 노랗게 물이 들어
나란히 네 곁에 눕고 싶어라

▌하얀 모란

얇고
보드라운
넓은 꽃잎들이
겹겹이 어우러져

한 송이
탐스러운 꽃이 되어
봄바람에 안긴 채
하늘하늘
춤을 춘다

그대 우아한
상앗빛 춤사위에서
우주의 신비와 영원을 본다

2

자연의 순환 속에서

2월의 동백

한겨울 눈보라와
북풍 속에서도
넌 오직
붉은 꽃망울 터뜨릴 일념으로
겨우내 숨 고르고 있었나 보다

찬 공기 가르며 네게로 와
사랑을 속삭일 동박새를 기다리며
단꿀 가득한 동백꽃을 피우기 위해
바람과 달빛에 영글은
꽃봉오리를 가득 달고 있구나

추울수록 더 진하고
큰 꽃잎을 피우는 동백이여
오늘도 윤기 나는 녹색 잎을 달고
붉지만 소박하고
수려한 꽃 피우네

정성껏 아름다움을 빚어
나목들 사이 우뚝 서 있는 네 모습
황량한 겨울에만 꽃 피우는 고고함이여

너를 바라보며 경탄 속에
희망으로 차오르는 내 영혼
따스한 봄의 숨결을 느끼네

남해를 걷다

이제사 널 만났구나

짙은 안개 속을 달려와
칼바람에 옷깃 여미며
남해대교를 건너
노량포구와 충렬사를 둘러본다

인적이 드문 겨울 해변
밀려오고 가는 무심한 파도여
먹먹해진 가슴으로
모래 위에 발자국을 남긴다

그곳엔 섬이 있고
바다가 있고
숲과 산이 있고
고깃배들이 떠 있다

대를 이어
바다와 갯벌에서 살아 온 사람들
그들의 애환과 사랑과
굴곡진 삶의 이야기들이 곳곳에 배어 있다

유토피아 · 2023

만선의 기쁨에 웃고 춤추며
때로는 커다란 슬픔도 감내했으리라

어느새 어둠이 내리고
오늘 만난 자연과 사람들 모두에게
안녕을 고한다
감사와 사랑을 담아

▌비밀의 숲

하얀 겨울에 피는
빠알간 동백꽃을 좋아하시오?
그 동백의 군락지를 아시오?
물음 던지던 시인과 찾아간
천년 고찰의 동백숲

철 이른 설렘이런가
붉은 동백꽃은 만나지도 못한 채
숲을 휘감아 도는
찬바람만 가슴에 담네

아쉬움에 동백 고목 아래서
좋은 시 한 자락 읊조리고는
인적 없는 불회사 휘휘 거닐다
되돌아왔네

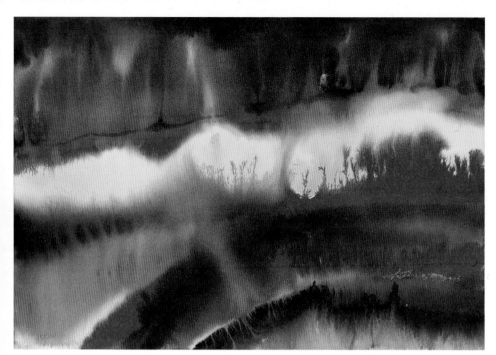

생명의 아우라 · 2016

진초록 잎 가득 달고
열정의 꽃망울 터뜨릴
새 봄을 기다리는 토종 동백이여
내 따사로운 봄날에
좋은 임과 함께 널 다시 찾으리

물오리 떼

누구는 기러기라 하고
누군가는 물새라고 했지

영하의 날씨에
바다 위 그림처럼 떠 있는 검은 점들
미동도 없이
명상이라도 하는 걸까

조는 듯 자는 듯
정지 화면처럼
잔잔한 파도에 일렁이면서
남해바다의 포근한 품에 안겨
한 폭의 수묵화가 된 물오리 떼

물아일체
하나됨의 경지가 바로 너희로구나

겨울 동백꽃

남해바닷가 언덕 위 딛고 서서
윤기 나는 녹색 잎 사이
빠알간 보석으로 피어난
예쁜 동백꽃들

검푸른 바다 위
아스라이 신비로운 수평선
떠 있는 섬들과 고깃배 보며
파도소리에 살포시 귀 기울이는가

'당신을 사랑합니다. 누구보다도'
꽃말에 어울리는 아름다운 자태여

오늘도 임 향한 그리움
가슴에 가두고
영하의 갯바람에 얼굴 붉히며
수줍은 미소로 길손 반기네

또다시 봄

눈꽃처럼
희고
사랑스런 입술처럼
붉은
매화 만발하고

메마른 가지마다
탐스런 백목련
활짝 피어나
그윽한 향기 날리는데

임 부르는 손짓이런가
노오란 개나리
산수유도 사방에 가득하니

천지가
온통
봄 봄 봄이로구나

봄빛 소나타 · 2017

안개 속의 월출산

뿌연 안개 속
희미한 그대여

산 아래 기슭엔
노란 산수유
백매화 홍매화
연분홍 꽃잔치가 한창인데

회색빛 안개에 가려진
뾰족뾰족한 봉우리들

거친 바위산의 위용은 사라지고
마음을 비운 무심 속에
대자연 본연의 형태만 보이누나

편안하고
넉넉해서
푸근한
엄마의 모습을 닮은 그대여

뭇 생명을 싹 틔우는

신비로운 봄의 기운과
향기를 담아
너를 그린다

노랑, 연두, 분홍
봄의 빛깔과
부드러운 곡선으로
너와 대화를 나눈다

월출산 · 2021

▍봄비에 목련은 지고

곱고 우아하게 단장한
새색시처럼
눈부신 순백의 아름다움을
자랑하던 목련이여

봄 가뭄 끝
쏴—아
대지를 적시며
생명의 단비가 내리던 날

한 잎 두 잎
꽃잎을 떨구며
생을 마감하는구나

그리운 이에게만
그윽한 향기로
봄날의 사랑을
전해주던 너

아쉬운 마음에
꽃잎을 주우며 속삭인다

서러워 말거라
기쁨의 메신저여
네 꽃과 향기를 모두가 사랑했느니

▌호접란의 꿈

아름답고 화려하구나
푸른 잎새만 달고
침묵수행 사 년째
드디어 온 힘을 다해
예쁜 꽃망울을 터뜨렸구나

물 주며 꽃 피워라 사랑 주신
울 엄마의 바람과 기원이더냐
꽃 피우면 너의 시를 써준다는
내 약속이 통했더냐

연이어 두 세 송이
화알짝 탐스럽게 피어나니
기쁨의 웃음꽃이 넘쳐나 경사로다

네 홀로 얼마나 애태우며
긴 세월 안간힘을 써 온 게냐
아름답고 신묘한 너의 모습
꽃봉오리인 두 송이마저
꽃 피우는 날

호접란의 꿈 · 2023

네 사랑스런 모습

그림으로 영원히 남겨주마

기특하고

고맙다

여수 낭도스케치

작은 섬 낭도
아기자기한 섬 둘레길

맑고 푸른 바다
처얼썩 철썩 파도소리가
교향곡 되어 귓전을 때린다

수평선 저 멀리
섬들의 사연 가득 싣고
점점이 떠 있는 하얀 배들

해변가엔
빠알간 양귀비꽃 하늘거리고
삼백사십 살 뿌리내린 느티나무 아래
섬마을 전설이 무르익는데

하얀 뭉게구름
잔잔한 푸른 물결
바닷바람에 넘실댄다

튤립과의 대화

한때는
고귀한 분들의 사랑을
한 몸에 받던 그대여

오늘도
이국적인 아름다움과
고결한 원색의 매혹으로
봄바람에 흔들리며
우아한 아우라를 풍기는구나

남포미술관 정원에서
정성어린 손길로 가꾸어져
색색의 화려함을 자랑하는
신비의 꽃이여

그대가 있어
5월은 정녕
계절의 여왕이런가

▌오월은

연둣빛 싱그러움에
푸르름이 덧칠하고

온갖 꽃들이
말을 걸어오고

아이와 어른이 어우러져
함박 웃음꽃 피우고

이 땅의 선생님들도
한번쯤 기지개를 켜는

뭇 생명들이 환희하는 달

공생 · 2021

장마철 새소리

이른 아침
새소리가 여리고 곱다

연일 쏟아지는 장맛비
어디서 젖은 날개 쉬다가
내게로 왔니

고맙구나
모습은 안 보여도
어딘가에 앉아
내게 말을 건네는 작은 새야

아침 창가에서
들려주는 너의 노랫소리에
오늘도 새 힘을 얻고
하루를 밝게 연다

3

사랑을 찾아서

생각하는 대로

평소엔 내 생각이
시공을 넘어 빛의 속도로
우주를 넘나들다가도

가끔은 추락하듯
순간 내 몸의 한계에 갇히곤 한다

생각과는 달리 이 몸은
순간 이동도 할 수 없고
상상의 날개를 무한대로 펼치듯이
자유롭지도 않다

꿈속에서는
내가 원하는 대로
마음껏 어느 곳이든
날아다니기도 하는데

오늘도 나는
그리운 사람을 그리워하며
마음의 대화를 나눈다

우리가 순간
생각하는 대로
마음먹는 대로 이루어진다면
얼마나 좋을까

보다 더
자유로울 수 있다면

봉숭아 물 들이기

선물로 한아름 받은
빠알간 봉숭아꽃

열 손가락에 물들이니
내 마음이 환해지네

물에 손 담그니 더욱 고와라
온몸으로 퍼져가는 나만의 행복감

임의 고운 손에도
봉숭아 물 곱게 들이고파라

신과 함께 사랑을

사랑하는 사람과의 대화는
최고의 힐링인 거야

신께서 베풀어주신
축복의 시간이니까

사랑하는 사람과의 여행은
놀라움의 연속인 거야

낯선 것들과의 조우
새로운 체험과 모험에
가슴 벅차오를 테니까

무한의 시간을 돌아온
또 다른 너
새로운 자신과의 만남

네 눈동자 속에 비친
내 모습을 보며 웃는 시간들은
신과 함께 보내는 시간인 거야

벅찬 추억들을 만들어가며
서로에게 용해되는
사랑의 몸짓인 거야

하모니 · 2019

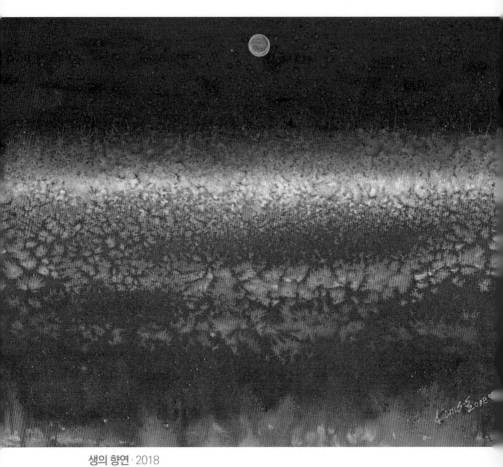

생의 향연 · 2018

이 가을에는

시원한 바람이 스며들어와
더운 공기의 흐름을 바꾸듯

이 가을에는 그러한
향기로운 사람을 만나게 하소서

내게 보내신 모든 인연들이
다 임의 전령사였지만

이번에는 시공을 초월하여
영원의 나라로 함께 여행할
진정한 반려자를 내게 주소서

내 생명을 있게 하신 임이여
늘 눈동자처럼 보살피시며
길을 인도해 주신 임이여

이제 당신의 뜻을 드러내소서
이 가을에 허락하시는
한 사람을 통해

▮그런 사람

지그시 눈을 감고
누군가를 생각하면
그리움과 설렘이 밀려오는
그런 사람 있나요

아침에 눈을 뜨면 또 하루
누군가가 있어 살고 싶어지는
그런 사람 있나요

가슴속에 켜켜이 숨겨 둔
나만이 몰래 꺼내 보는 이야기
그런 얘기 주저하며 꺼내도
따스한 눈빛으로 진지하게 들어줄
그런 사람 있나요

이 세상에 태어나 경험한 다양한 것들
그 어떤 경우와 순간에서
내가 내린 선택과 결단까지도
무조건 날 믿어주고 내 편이 되어줄
그런 한 사람 있나요

그대도 누군가에게
그런 사람이 되어 주세요

그대 사랑의 힘으로
생의 환희를 맛보며
자신을 아름답게 꽃피울 수 있도록

동행 · 2018

비 갠 날

장맛비 갠 후
정원의 높다란 소나무 가지에
어치 두 마리 다정히 앉아
얼굴 서로 비벼대며
짹째재잭 사랑을 속삭이네

활짝 날개 펴고 날아다니며
소나무 잎새 사이 숨바꼭질도 하네

얼마나 멋진 일인가
나를 있는 그대로 보여주며
사랑하고 사랑받을 수 있다는 것은

그 얼마나 축복받은 일인가
내 영혼을 송두리째
누군가와 교감할 수 있다는 것은

▌철따라 사랑

봄이 오면
내 하나의 사람과
새록새록 새싹들의 내음 가득한
연두빛 사랑을

벚꽃 피는 계절에는 핑크빛 사랑
초여름엔 싱그러운 자연을 닮은
초록빛 사랑을

어울림 · 2022

한여름에는 파아란 물빛 사랑을
단풍의 가을엔
붉은 노을빛 사랑을 하고파라

보랏빛 그리움이
살포시 땅에 떨어지는 겨울이면
분분히 날리는 백설을 타고
그대의 새벽을 깨우는
꿈이 되리라

▌살며시

그림자 벗 삼아
홀로 걷는 그대 밤길에

조용히 다가가
살며시 팔짱을 껴주고 싶다

따스한 체온과
미소 나누며
말없이 걷다가

은은한 불빛의 찻집에 들러
차향 즐기며 도란도란
이야기를 나누고 싶다

무엇을 좋아하는지
무엇이 하고 싶은지
무엇에 가슴이 설레는지

그대를 알고 싶다
날마다 조금씩
살며시

▎비상을 꿈꾸며

내가 만일
고고하고 아름다운
천상의 새가 되어
힘차게 창공을 차고 오를 수 있다면

황금빛 날개를 활짝 펴고
자유롭게 창공을 가르는
알바트로스가 되어
그대 있는 곳으로
더 높이
더 멀리 날아오르리

긴 세월 오롯이 그리움 키워 온
내 운명의 반려새를 만나
함께 행복한 비상을 하며
지고지순한
불멸의 사랑을 나누리라

푸른 하늘에 반짝이는
오색 무지개 걸어놓고

넬라 판타지아 Ⅰ · 2020

넬라 판타지아 II · 2020

너랑 있으면

너랑 있으면
공기가 가볍고 유쾌해져
내 마음에 살랑살랑
봄바람이 불어오지

너랑 있으면
내 가슴이 따스해져
더 착해지고 싶고
성숙해지는 느낌이야

너랑 있으면
내 마음이 편안해져
숨 가쁘게 달려온
힘겨웠던 날들을 잊게 돼

너랑 있으면
내 영혼이 순수해져
어린아이처럼 웃고 노래하며
자연 속에서 뛰놀게 돼

너랑 있으면
너는 내게 힘을 줘
잠재력을 일깨우고
앞으로 나아가게 해

너는 나의 생명력
내 영감의 원천이야

▍여행을 꿈꾸며

미지의 먼 나라로
훌쩍 떠나고 싶다
내 사랑하는 사람과
다정한 눈빛 나누며

이집트 스핑크스 옆에 텐트를 치고
서로 머리 맞대어
마음속 내밀한 이야기
소곤소곤 나누고 싶다

태고의 신비가 깃든 신들이 만나던 자리
검푸른 창공에 걸린 둥근 달과
수많은 별들과도
밤새 이야기 나누고 싶다

아프리카 사파리공원의 무더위면 어떠랴
사자, 호랑이, 얼룩말과 더불어
친근한 벗 되어 장난치며
황금빛 초원에서 뒹굴고 싶다

열대 사막 두바이 문명의 기적도
유럽의 중세도시
유서 깊은 골목길도
구석구석 함께 돌아보고 싶다

지치면 서로 기대어 쉬어가면서
우리 자유로운 발길 닿는 곳마다
꽃처럼 활짝 시 한 송이,
그림 한 송이
눈부시게 피어나리

그대와 함께라면

피오르드의 추억 · 2018

▌사랑은

사랑은 한눈에
서로를 알아본 영혼들이

연보랏빛 설렘으로 다가가
서로에게 점차 녹아들다가
완전한 하나를 이루는
성스러운 예배

억겁의 인연을 돌아온
진정한 사랑을 만나면
절대 놓쳐선 안 돼

소중한 시간을 함께하고
아낌없이 베풀고 나누며
마음과 정성을 다해야 해

순수한 영혼의 교감을 통해
네 심장을 꺼내서 보여줘야 해

환상의 신기루처럼 찾아왔던
단 하나의 사랑이

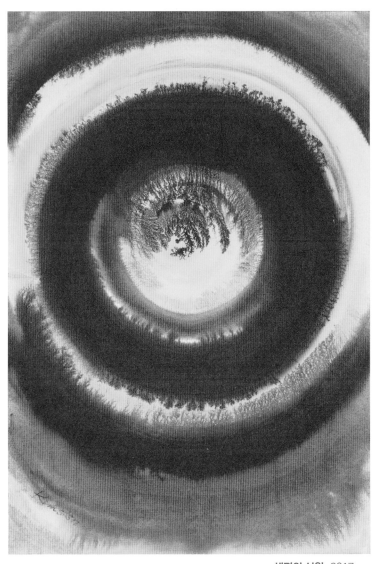

생명의 시원 · 2017

봄날의 아지랑이처럼

허망하게 사라지기 전에

거울 앞에서

매일 조금은
달라진 모습의
또 다른 내가 보인다

그대를 알고부터
기쁨과 위안을 주는
더 선한 사람이 되고자
애쓰는 나를 본다

그대가 내 말을 이해하고
내가 그대를 이해하는 것은
그대 안에 동질의 내가
내 안에 동질의 그대가
이미 자리하고 있기 때문

그대로 인해 난
나날이 성숙해지고
보다 아름다워지고
영글어가고 있다

감사하다
그대를 알게 된 인연이

기쁘고 고맙다
그대와 영혼의 대화를
나눌 수 있음이

내 안의 그대

그대가 있어 난 행복합니다

소녀 시절 꿈속에서
웃으며 올려다본
태양을 등지고 서 있던
키 큰 수호천사처럼
몸 굽혀 포근하게 안아주며
입 맞춰주던 기분 좋은
키다리 아저씨처럼

그대의 따스한 시선과 음성은
나를 설레게 합니다

무슨 이야기든 나눌 수 있고
바다처럼 넓고 깊은
내 영혼의 동반자여

그대 있음에 착한 소녀처럼
난 아름답고
향기로운 여인이 되고 싶습니다

꿈의 나라로 · 1982

첫눈 오는 밤

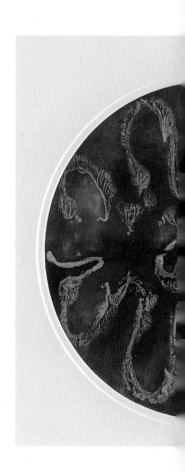

하얀 겨울은 사랑하기 좋은 계절
첫눈 오는 밤이면 그리움도 한층 깊어라

눈보라치는 밖은 차갑게 얼어 있으나
방 안은 사랑하는 이의 품처럼
따뜻하고 포근하다

누군가를 사랑한다는 것은
그를 있는 그대로 받아들이고
품어 안아주는 일이다 그와 더불어
웃고 꿈꾸며 책임을 지는 일이다

어떠한 역경 속에서도
그대에게로 더 가까이 다가가
완전한 하나가 되는 일이다

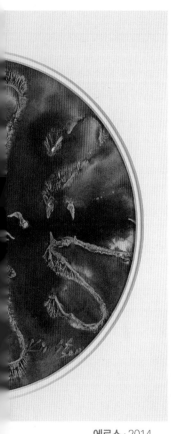

에로스 · 2014

그대가 있어서 행복하기에
그대가 아니면 안 되기에
그대가 있어야 내가 살기에
그대는 나의 수호천사여라

첫눈 내리는 밤
하얀 은총이 내리고
소복소복 쌓이는 흰 눈처럼
우리네 사랑도 깊어만 간다

* 2023 『현대문예』 127호 김성숙 신인상 작품

4

소소한 일상에서의 기쁨

손톱을 깎으며

손톱을 깎는 시간이면
기분이 묘하게 행복해진다.

딸깍 소리에
반달모양으로 톡톡 떨어져나가는
나의 손톱 조각들

조금 전까지도
내 몸의 일부였던 것들이
이젠 나와 아무 상관없는
쓰레기가 되어버린다.

누군가 내 이름을 부르면
함께 대답했던 그것은
이제는 남이 되어 침묵하고 있다

이리 튀고 저리 튀는 손톱 조각들을
꼭 집어 들고
자세히 살펴보는 집중의 시간

모든 잡념은 사라지고

오직 살아 있음에 대한
감사와 평온함이 차오른다

새로 돋아나고
떨어져나가는
내 몸 안
생성과 소멸의 작은 체험이다

▋새해 아침에

또 한 살
나이를 먹는다는 것은
참 반가운 일이다

지난 삼백육십오일 동안
내 생명이 그만큼 성장했기 때문이다

나이테가 늘어 가듯
한 살 더 나이가 든다는 것은
참으로 축하할 일이다

지난 한 해
그 수많은 질병과 죽음의 위험을 넘어
내가 건강하게 살아남았기 때문이다

내 나이를 하나 더 보태는 것은
실로 기특한 일이다

세월의 주름살 사이로
하늘의 지혜가 흘러들어 와
이전보다 현명해지기 때문일까

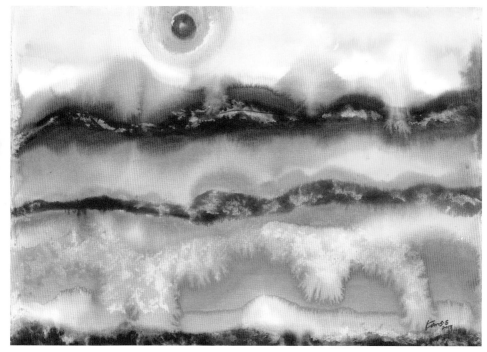

무등산의 사계 · 2017

내 가슴에 더 큰 사랑이
여유로움과 편안함이 자리 잡기 때문이다

영원한 시간과 무한한 공간 사이
현재의 생명체로서의 나
지금 생존해 있는 모든 것의 위대함이여

영원성과 무한성의 존재인
우주와 함께 공존하는 이 놀라운 신비여

여인 · 2019

▌그림을 그리며

마음을 비우고
진공의 시간으로 들어간다
내 무의식 속에 자리한
또 다른 나와 만나는 시간

다양한 선과 형태와 색채로
우주의 생명에너지와 더불어
새로운 이야기를 창조하는 시간

하얀 종이나 캔버스 위에
첫 이미지가 또 다른 이미지를 낳고
연이어 새로운 이미지를 생성해간다
기운생동과 조화의 미

영원의 시간과 공간에서
나를 움직이게 하는
나를 일으켜 세우는 힘

우주만물이 내 안에서 어우러져
한바탕 환희의 춤을 추네

어느 화가의 팔레트

오랜 세월
멀고 먼 나라들을 두루 돌아
이제야 한 장의 사진으로
내 앞에 온 너

너와의 첫 만남은
묵직한 감동 그 자체로구나

화가가 널 선택하고
네 얼굴 위에 아름다운 물감들을 놓았을 때
넌 설레며 환호했겠지

수십여 년간 어반스케치의 동반자가 되어
화가와 함께 세계를 여행하며
수많은 명작들을 만들어 내고

늘 곁에서 창작의 순간들을 지켜보며
마음의 친구가 되고 위로가 되어 준 너

세월에 닳고 닳아
반짝이던 검은색의 알루미늄도

허옇게 벗겨지고 우그러졌구나

주인 따라 반세기
화가의 잦은 붓질로
온몸에 은은하게 물감이 배어 버린 너

긴 세월 묵묵히
창작에 매진해 온
참 예술가의 혼이 배어 있네

▍손님

제 철도 아닌데
어디선가 날아 들어와
내 차 안에 일주일째 살고 있는
작은 모기 한 마리

차창을 열고 달려봐도
날아가지 않네

한참 안 보여서
나갔거니 생각하면
다시 이마, 눈, 콧잔등으로
보란듯이 날아드네

추워진 날씨 탓인가
내가 좋아서인가

잡히지도 떠나지도 않고
가끔씩 눈앞을 날아다니니

모기야 모기야
승차 동거인이 된 모기야

도대체 무얼 먹고 사는 거니
내 너를 어이할꼬

▌대보름에

집 창고에서
우연히 찾아낸
오래된 원형 찻상 하나
침상 위에 올려놓고
글쓰기에 딱 맞춤일세

정갈하게 흰 종이 앞에 놓고
펜을 잡고 있어도
첫 구절이 보일 듯 말듯
시상이 손에 잡힐 듯 말 듯
시간만 흘러가네

시의 첫 줄은 신이 내려 주신다는데
오늘은 정월 대보름
하얀 눈이 펄펄 날리고
진한 커피 한 잔에도
사르르 감겨오는 눈

앉은 채로
꿈속에서 오곡밥 먹고
둥근 보름달이 휘영청 솟아오르면

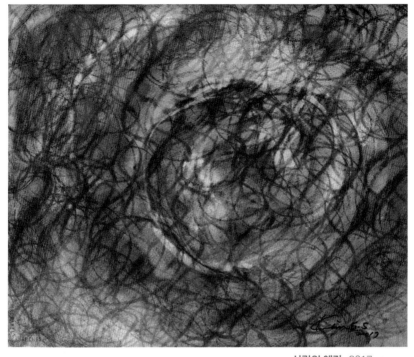

사랑의 예감 · 2017

어릴 적 친구들이랑

쥐불놀이나 한판

신명나게 해 볼거나

▌비 오는 밤

단비 내리는 밤
꽃무늬 우산을 쓰고
'푸른 길 공원'을 걷는다

우산 위로 토도독 톡톡
빗방울이 말을 걸어오고
촉촉이 젖은 나뭇잎새들
팔 벌려 나를 반긴다

보이는 건 모두 다 젖어 있는데
저만치 움직이는 노란 우산 하나
서로를 보듬고 걷는 남과 여
무슨 이야기를 나누는 것일까

은빛 가루를 뿌린 듯이
반짝이는 물방울을 가득 달고
우산처럼 늘어진 공작단풍나무
신비로운 아름다움을 뿜어낸다

밤은 깊어가고
길은 텅 비어 있다

가늘어진 빗소리에
평온을 찾아가는 내 마음이여

안개 낀 날에

흐린 날
안갯속 풍경은 신비롭다
비둘기색 빈 하늘도 그러하고

아스라이 윤곽만 보이는
산들의 모습도 그러하다

이런 날은 잠시 일상을 멈추고
편안한 사람과 마주 앉아
향기로운 차 한 잔 음미하며
내면의 이야기들 나누고 싶다

천지에 봄꽃들 만발하고
산새들 노래 아름다운데
개나리 벚꽃 자목련까지
안개가 덮어 버린 날은

나도 마음과 몸의 빗장을
풀어 버리고
안개 저편으로 들어가
슬며시 모습을 감추고 싶다

시인

옆모습에서 보았네
섬세하고 예리한
지성적인 눈빛을

청빈하고 지조 있는
준엄함을

앞모습에서는 놓쳐버린
자연과 교감하는
순수함과 열정도

심연과 같은
영혼의 깊이도

초밥을 먹으며

저마다 형형색색
가지런히 놓여
새색시의 첫날밤 수줍음처럼

다소곳한 자태로
가슴 설레며 선택을 기다린다

연어, 광어, 참치, 도미, 장어, 새우, 소라, 전복까지

너는 어느 바다에서 뛰놀던 물고기인고?
너는 어느 경로로 흘러 들어와
내 밥상에까지 올라왔능고?

대화를 나누며 하나씩 입으로 가져간다

어느새 하얗게 비운 접시
내 안에서 그들이 내 몸과 동화되어
인간이 되는 순간

바닷속 활어들의
거듭나기 꿈도 이루어진다

생명 예찬

저마다
나름대로
예쁘다
귀엽고
사랑스럽다

그 모습 그대로
살아 있는 모든 것은
아름다워라

오묘하고
신비한 생명이여

마늘꽃 · 2021

더불어 함께

안개비 내리는 날
세 미인이 다정히 걷는
동구리호수공원

앞서거니
뒤서거니
색색의 우산을 쓰거니 접거니

촉촉이 젖은 잿빛 호숫가엔
노오란 금계국이 하늘거리고

왜가리 한 마리 미동도 없이
물속을 응시하니
하늘의 먹구름이 호수에 비치어 그려 낸
한 폭의 문인화

새들의 은밀한 속삭임
발걸음마다 귓가에 어우러지고
곳곳에 장미향은 사랑을 부추기네

작은 개구리들이 뛰놀고
물고기 떼는
물결을 가르며 나아가네

허브향 같은 소중한 벗들이여
험한 세상에서 서로 위로하고
웃음과 영감을 주며
행복을 나누는 그대들은
정녕 전생의 자매요
이생의 기쁨이어라

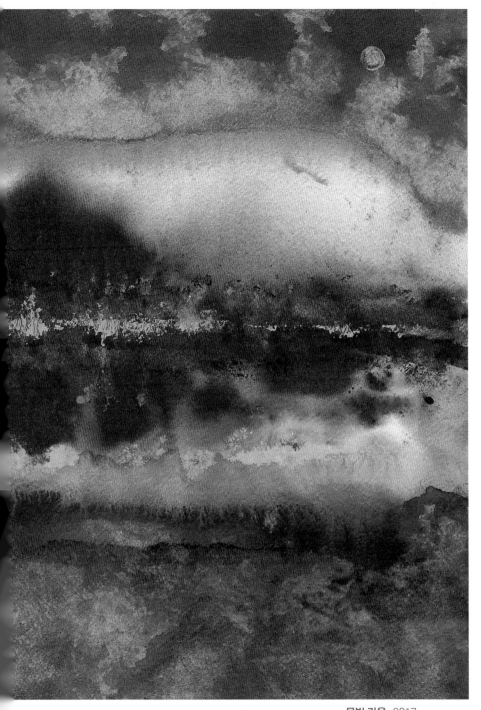

물빛 가을 · 2017

일체유심조
- 운주사 석조불감 앞에서

작열하는
한낮의 태양 아래서
부처님을 그린다

천년 세월의 풍상으로
닳아진 얼굴 모습
마음으로 어루만지며
눈 코 입 찾아간다

운주사 석조불감
보물 제797호

그 무심한 표정
우러르는 동안
마음으로 전해오는
부처님 말씀

만유불성萬有佛性이요
자타불이自他不異라

일체유심조一切唯心造

우리 모두가
본래 부처인 것을

▍나주호에서

이른 아침
싱그런 풀빛 향기 속을 걷는다

이름 모를 새들의 지저귐과 화답 소리
밤꽃 내음이 코끝을 스치는데
연둣빛 초원 속
노오란 금계국 무리가 아름답구나

대자연의 향기와 하얀 갈대
황금색의 어우러짐에 취한 사이
새날의 태양이 환하게 비춰온다

눈부신 햇살에 눈을 감으니
눈 안에 떠오르는 또 하나의 태양

나주호를 바라보며
햇살과 돌아오는 산책길

신선한 아침공기를 심호흡하며
고요함과 평화로움
우주의 정기로 나를 채운다

5

자신과의 대화

아침의 기도

제 몸을 오직
신의 영광을 드러내는 도구로 써 주소서

이 눈으로
당신의 따스한 사랑과 친절함을
행복과 평화를 전하게 하소서

이 입술로
당신이 지으신 아름다운 삼라만상의
높은 덕과 영원하심을 찬미하게 하소서

이 손으로
많은 이들의 고통과 아픔을 위로하고
기쁨과 평안을 주는 그림을 그리고
생기를 북돋우는 생명의 시를 쓰게 하소서

당신의 지혜와 은총으로
누구라도 상대의 불행 위에
자신의 풍요로움을 구축하는
어리석음과 무지에서 눈뜨게 하소서

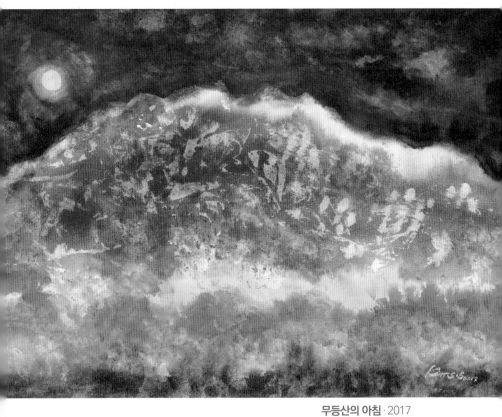

무등산의 아침 · 2017

저마다의 삶의 방식과 자연 그대로

서로를 돕고 사랑하고 존중하며

정성껏 꽃을 피우듯

상생하며 살게 하소서

▎임의 뜻대로

뒤돌아보니
햇살에 안기듯
좋은 날들이 많았어요

생의 고비마다
주위의 사랑과 도움으로
극복해왔구요

생의 한가운데 실수도 많았지만
바르고 진실되게
살고자 노력했어요

그 실수와 실패가
나를 성장시켰지요
보다 현명하고 강하게
더 자립적인 인간이 되도록

이젠 두렵지 않아요
이전에 안 보이던 것들이 보이고
나답게 내 삶을 이끌어 갈
당당함과 지혜가 생겼어요

인생이란
긴 세월의 경험과 연단을 거쳐서
결국은 임께서 의도하신 목적지에
다다르는 것이 아닐까요

임과 함께
진정한 사랑을 실천하며
행복한 춤을 추듯
영원한 사랑을 완성하게 하소서

삶의 길목에서

고민하지 마
모든 것은 지나간단다
망설이지 마
행동해야 변할 수 있단다

복잡하고 대단해 보이는 과제들도
시간이 다 해결해 주지

시간은 친절하게
망각의 가루를 뿌려
다시 웃음과 기쁨을
네게 되찾아 주지

네가 가진 것은
영원으로 이어지는 시간과
생명을 살리는 빛

가끔 엄습해 오는
막연한 두려움과 어두운 그림자는
이 순간 쫓아버려

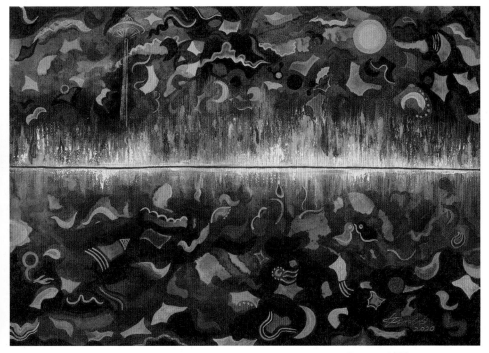

Dream · 2020

너는 본래 기쁨이고
사랑이고
행복의 전달자인 거야
이걸 항상 잊지 마

사랑의 완성자
그것이 너의 존재 이유란다

▌설날의 산책

새해 첫날에 걷는다
윙윙 칼바람 소리가 귓가를 때리고
눈보라 휘몰아쳐도
바람이 전하는 이야기에 귀 기울이며
묵묵히 걸어 나간다

나뭇가지들이 마구 흔들리고
길 위엔 떼 지어 마른 잎 굴러도
기분은 상쾌하고 몸은 자유롭다

살아 있는 건지
죽어 있는 건지
나목들 사이로 마른 잎 가득 달고
무리지어 서 있는 나무들

바람소리 잦아들고
돌아오는 길
문득 샛길로 빠져본다

설날에 문을 연 가게에서
군고구마 한 봉지를 산다

따스한 온기가 반갑고 고맙다

가끔은 낯선 길로 들어설 자유
익숙하지 않은 것들과 만나는 기쁨

그들에게서 난 창작의 영감을 얻고
오늘도 나만의 무늬를 짜나간다

▌유연한 사랑

나무나 꽃들처럼
때가 되면 잎 피고
꽃 피우고
열매 맺고

바람이 불면 바람을
비가 오면 비를
눈이 내리면 하얀 눈을
온몸으로 맞는 거야

지금 이 순간에 해야 할 일은
즐기면서 하자꾸나

항시 마음에 잘 물어봐
가장 하고 싶은 일부터 해
인생은 순간의 선택
그 선택의 연속이니까

소중한 시간은 지금
중요한 사람은 나와 그대

내게 오는 것들을
모두 사랑해야지
생각의 힘으로 무엇이든
다 이루어 내는 거야

서로를 끌어올려 줄
앞으로 나아갈 용기를 주는
너와 나의 사랑은
유연한 사랑

가을 유희·2018

그리움 키우기

하루
이틀
사흘
임은 소식 없고

나흘
닷새
엿새
기다림 더해간다

붉은 단풍
수북이 쌓인 길을
자박자박 소리내어
밤길 걸으면

찬바람 사이로
스며드는
진한 그리움이여

나와의 속삭임

무엇이 네게 기쁨을 주는가
무엇이 네게 슬픔을 주는가

무엇이 네게 활력을 주고
네게서 기운을 빼앗아 가는가

너를 즐겁게 하고
괴롭게 하는 것은 무엇인가

어떤 것에 마음이 설레고
무엇에 마음이 어지러운가

무엇을 하고 싶은가
무엇이 되고 싶은가
무엇을 원하는가

모든 것 다 내려놓고
지금 가장 하고 싶은 일
그것을 당장 하라

▌그냥

할 일이 있을 땐
그냥 하는 거야

망설이지 말고
바로 그냥 시작해

지난 시간들은
수정하지도
후회하지도 말고

지금 내 마음이
이끄는 대로
지혜로운 생각이
떠오르는 대로

순간순간
너 자신을 믿고
하는 거야
그냥

▌내 안의 의사

평소엔 잘 몰라
내 안의 모든 기관이
몸 전체와 연결되어
대화하며 소통한다는 것을

머리부터 발끝까지
뼈마디 하나하나
작은 세포 하나라도
아프기 시작하면
몸 전체에 비상벨이 울려
모두가 아파한다는 것을

정신과 마음도
예외는 아니야
몸과 마음은 하나야

어떤 순간에도 당황하지 마
네 안에 의사가 있단다
만병을 통치하는 의사는
바로 웃음과 기쁨이지

감사와 사랑의 마음은
죽어가는 세포를 살려내고
웃음과 기쁨을 회복시켜
생명을 치유하는 진짜 의사란다

지금부터
시작해 보렴
웃는 연습
감사하는 연습
모두를 사랑하는 연습을

오늘을 맞으며

잠은 자도 그만
안 자도 그만
조금만 자도 그만
꾼 꿈을 잊어도 그만

매일 아침
눈을 뜨며
숨 쉬고 있음에
신께 감사한다

하얀 도화지처럼
새롭게 주어진 또 하루의 시간

반짝이는 무지개 색으로
오늘도 임과 함께
멋진 그림을 그려 가리라

기원 · 2019

▌자문자답

너 지금 이대로
행복하니

더 바라는 건 뭐야
어떤 삶을 살고 싶어?

소중한 인연들을 통해
배운 건 뭐야?
지난 실패들로 깨달은 것은?
매일 신께 감사해?

자신을 사랑하고
존중하고
매 순간 도전하며
자신감을 가지고
앞으로 나아가는 거야

행복은 본래 네 안에
자리하는 기쁨의 에너지
신의 선물이니까

열정 · 2022

단지 발견하고
깨닫고
누리면 되는 거야

넌 뭐든지 할 수 있어
원하는 대로 될 수 있어
그게 바로 너니까
너는 신의 걸작품이니까

6

더불어 함께

동태찌개

바람이 우는
영하의 날씨엔
따끈한 동태찌개가 그립다

동태를 적당히 손질해서
끓는 물에 무 두부 고추장 넣고
애호박은 반달썰기
청, 홍고추는 어슷썰기로 모양내어
동태와 다진 생강 마늘 고춧가루 함께 넣어
정성껏 간을 보며
바글바글 끓여낸다
쑥갓과 실파를 마무리로 넣는다

따끈한 동태찌개
"맛있구나 국물 맛이 일품이다"
울 엄마가 함박 웃으며 기뻐하신다

난 오늘도
살아 계신 조상님께
공양을 올린 셈
일상의 식사가 경건한 예배로구나

눈 오는 날

종일 눈이 내린 날
창밖을 바라보며 감탄하던
엄마의 혼잣말은
그대로 한 편의 시가 되었다

  눈이 내리네
  창문을 내다보니
  하얗게 변한 세상

  눈은 소리 없이
  조용히 흩날리며
  쉬지 않고 내리네

  밤새 내린 눈 위에
  쌓이고
  또 쌓이고

  햇님이 잠시 나오려고
  기웃거리지만
  눈보라에 갇혀 못 나오네

희고
깨끗하고
아름다운 하얀 꽃송이

지금도 눈은
말없이
계속 내리고 있네

                  - 김옥자 시

평양사범전문학교를 나와
초등교사를 하시다 한국전쟁 때
월남하여 아빠와 결혼한 엄마
30대에 교회 권사가 되어
평생을 하나님께 의지하며
온갖 고생을 감사의 세월로 지나 왔네

자녀 위해 홀로 신앙생활하며
오롯이 100세를 채워가는 엄마

오늘도 소리 내어 찬송하면서
날 위해 기도해주고

감사일기 쓰며
쉬엄쉬엄
그림도 그리시는 엄마

내 곁에 계셔서 행복합니다
지혜를 배워가니 감사합니다
당신의 딸이라서 행운입니다
부디 만수무강하소서

▎엄마의 그림

90대 중반 엄마는
요즘 스스로 그림을 그리신다

잠들기 전 침대 위에서
오른쪽엔 감사 일기를 쓰고
왼쪽 빈 노트에는
꽃이나 새, 소나무를 그리신다

어느 날 수줍게 웃으며
딸에게 꽃그림을 보여주던 엄마
선이 비뚤거리면서도 힘차다
놀라움에 노트를 넘기니
태극기, 집, 말, 소나무도 있다

작은 스케치북과 도구를 사드리니
그림에 번호를 매기며
자유롭게 다양한 그림을 그리신다
덮는 이불의 무늬도
손수건의 예쁜 문양도
그림책 속의 일부도 새로운 그림이 된다

즐거운 5월 · 2023

그림 그리기는 쉽지 않지만
두세 시간씩 집중해서
그림을 그리는 동안
마음이 기쁘시단다

엄마 평생의 소원은
하나님의 영광을 드러내는 것

순수하고 예쁜 그림
더 많이 그리면서
오직 건강하게
그 소원을 이루소서

파란 사슴 · 2023

내 친구 · 2023

사랑해 · 2023

애들아, 안녕 · 2023

엄마의 그림

나하고 놀자 · 2023

156

봄날의 산책 · 2023

네가 있어 행복해 · 2023

콩가루 효도

피부 고운 지인이 선물한
노란 콩가루 한 병

가르쳐 준 비법대로
콩가루 두 스푼
올리브유 한 스푼
꿀 한 스푼 넣어 잘 섞어
얼굴에 펴 바른다

세안하고 나니
피부에 윤기가 돈다

손사래를 치는
노모 얼굴에도 듬뿍 발라드리니
얼굴이 부드럽다며
기분 좋아하신다

노란 콩가루 몇 스푼으로
엄마와 마주 보며 웃음꽃 피운 날
행복이 활짝 피어난
비 오는 여름날의 소확행이여

158

▍엄마의 목욕

아흔 해가 넘도록
제대로 못 해드렸는데
오늘은 정성껏 엄마를 씻겨드립니다

머리를 감기며 눈물이 납니다
가늘고 약한 머리카락과
한 줌도 안 되는 머리 숱 때문이 아닙니다
비누거품을 헹구어낼 때
고개를 잘 못 숙여서도 아닙니다
곁에 계신 게 그냥 눈물 납니다

등을 밀면서 눈물이 납니다
척추가 비뚤어져서가 아닙니다
기울어진 어깨 때문도
휘어진 다리 때문도 아닙니다
그냥 살아 계신 게
고마워서 눈물 납니다

이 여인 속에서 내가 나왔는데
이 몸 안에서 내가 만들어졌는데
한때는 나와 한몸이었는데

그 소중한 인연을 되새기며
엄마 몸의 물기도
내 눈물도 닦아냅니다

반려목 · 2021

꿈길로 오소서

이 한 몸 세상에
만드시고
잠시 머물다
하늘나라로 떠나신 아빠

어슴푸레한
기억의 조각들만
남아 있어요

훤칠한 키에 마른 몸매
소매를 걷어 올린 흰 와이셔츠
긴 그림자를 드리우며
내 곁에 산처럼 서 계시던 아빠

어느 초여름 날
일곱 살 딸의 손을 꼬옥 잡고
개울가에서 여치를 잡아
풀로 여치집을 지어주던 아빠

미소 짓던 그 사랑의 눈빛
그립습니다

162

일요일 새벽에 태어난 내게
성스러운 날 신의 선물이라며
성聖숙이라 이름 주신 분

귀한 딸이니 얼굴을 다치지 않게 하고
고운 말만 사용하라고
엄마에게 당부했다는 아빠

동네서 효자상을 받고
수재라 불리며 연희전문을 나와
여고 물리교사였던 아빠
목사님 소개로 엄마와 부부의 연을 맺어
내게 생명 주신 아빠
목사를 꿈꾸며 다시 신학대학에 입학했으나
한국전쟁으로 학업을 다 못 마치고
개척교회를 전전하시며
신께 헌신하고자 했던 아빠

인연 · 2021

당신을 닮은 내 안에서
오늘도 영원한 삶으로
살아 계신 아빠

감사합니다
사랑합니다

다정한 눈빛으로
한 말씀 건네며
외동딸을 꼭 안아 주세요

살포시
꿈길로라도 오소서

▍외삼촌, 숭산 대선사

I
나 어릴 적
하나님만 의지하며
교회 일에 열심이던 엄마는 어느 날
내게 비밀스레 말했지
"우리 집안에도 불교 스님이 한 분 있단다"

외할머니 여동생의 아들이
바로 '행원 스님'이라고
한국의 선불교를 미국과 유럽 일본에 전파한
훗날 '숭산 대선사'
큰스님으로 불린 분이었지

난 깜짝 놀랐어
이교도가 우리 집안에 한 명 있다니…

엄마는 아주 가끔씩 서울 화계사에 다녀오곤 했어
외삼촌은 화계사 조실祖室 스님으로
외국 포교 활동을 주로 하셨는데
어쩌다 귀국하면 가끔 친척들을 부르시곤 했지

절밥을 먹을 때도
엄마는 기독교
스님은 불교
서울 이모는 천주교
각자 자기 식으로 식전 기도를 올려 주위 스님들이 웃곤 했어

스님의 첫 인상은 둥글고 훤한 달님 같았어
"오, 니가 성숙이구나"
다가와 내 손을 잡을 때도 난 머뭇거렸지
왠지 내 하나님께 미안한 마음이었어

II
그러다 내가 대학생이 되고
언젠가 이모와 함께 S호텔 뷔페 레스토랑으로
스님을 뵈러 간 적이 있었지

모두 맛있게 식사하는데 스님 앞의 접시만이 비어 있었어
내가 한 접시 음식을 담아 갖다 드리자
스님이 웃으셨지.
"어서 많이 먹어라. 난 30년 넘게 당뇨가 내 친구란다"

왠지 난 슬퍼졌어
스님은 이전보다 얼굴도 조금 갸름해진 듯했어
이모가 귀뜸해 주었지
"스님은 의사가 생명이 위험하니
비행기 타시지 말라고 해도 소용없단다"

Ⅲ
내가 일본으로 유학을 떠나기 일주일 전
스님은 최초로 공산권에 불교 포교차
폴란드로 출국하며 나를 공항으로 불렀지
외삼촌은 현각 스님 외 외국 스님들에 둘러싸인 공항커피숍에서
'위급할 때 찾아가라'며 직접 사인을 한 명함을 내게 주었어
동경 카스가春日*에 스님이 세운
일본 홍법원의 연락처가 있는 명함이었지

그 후 우연히 일본의 도서관에서 난
김용옥의 『나는 불교를 이렇게 본다』 책을 읽다가
저자가 하버드대 유학 시절에 만났다는
'동양의 달마'가 바로 외삼촌임을 알았어
아, 그동안 난 까맣게 스님의 존재를 잊고 있었던 거야

박사학위 취득 후에 귀국해서 화계사로 스님을 찾아뵈었지
앞으로의 행보를 엄마가 의논하니
스님은 단지 웃으며 내게 말씀하셨어
"들어와서 선禪 공부나 해라"
그리고는 귀가하려 댓돌 위의 구두를 신는데
슬며시 내 귀에 대고 속삭이셨지
"1년 안에 좋은 소식이 있을 거야"

그대로 딱 1년째 되는 달에 난 국립대교수로 임용이 되었어
그제서야 비로소 스님의 말씀이 그대로 이루어졌음을 깨달았지

IV
감사인사 차 뵈러갔을 때도 스님은 축하의 말 대신
차 한 잔을 권하며 나를 보고 말씀하셨어
"들어와서 선 공부나 해라"

내가 다시 경쟁사회 현실 속에서 복닥대다가
찾아뵌 어느 날
투석 중인 스님은 이전보다 훨씬 수척해 보였어
내가 드린 화분의 양란 꽃을

기쁘게 바라보시다가
다시 또 말씀하셨지
"들어와서 선 공부나 해라"

V
이날 문득 이상하고 신기한 체험을 했어
차와 한과를 대접받으며 스님을 돌아다보니
분명 미소를 띠고 방석 위에 앉아 계신데
실재가 느껴지지 않는 거야
그 자리가 허공처럼 텅 빈 듯 스님의 실존이 안 느껴지고
새털처럼 공기처럼 그 몸이 가볍게 느껴졌어

그리곤 얼마 지나지 않아 입적하셨지
지금도 스님이 친히 내게 남기신 글들과
주신 저서들은 소중히 간직하고 있어

난 아직도 속세에 머물러 있고
"세계일화世界一花"
세계는 한 송이 꽃이라는
스님의 가르침만 내 안에 있다

* 카스가(春日): 일본 도쿄도 분쿄구에 있는 도쿄도 교통국의 역

170

죽림결의

난 외동딸인데
엄마에겐 딸이 셋이다

이삼십 년간 변함없이 어머니라 부르며
철따라 인사를 거르지 않는
실로 뜻깊은 귀한 인연들

어느 해 엄마 생신날
담양 죽림원을 함께 걷다가
대숲 안의 아름다운 정자에서
억겁의 인연을 맺었다

잠시 쉬는데
하늘에서 대숲 사이로
다섯 줄기 신비로운 빛이
우리를 감싸안았다

기적 같은 순간의 날을 기념하여
죽림원 대숲 정자에서
의자매의 결의를 맺었다

사는 날 동안
서로 아껴주고 기쁨을 주며
화목하고 사랑하기를
손에 손을 잡고 가족으로서의 약속을
대숲을 스쳐가는 바람결에 맹세했다

햇살이 따스하고 경이로운 좋은 날

무등산 계곡 · 2023

새로운 사랑과 신뢰가
대나무숲에서 이루어졌다

죽림의 결의는
우리의 가슴속에 영원하리라

7

더 좋은 세상을 꿈꾸며

▌첫눈 내린 날

모두가
잠든 사이
하얗게 변신한 세상

소복소복
첫눈이 내린 날
창문을 열며
아름답고 행복한 아침을
감탄사로 맞는다

하늘을 우러르지 않고
세력 다툼에 바쁜 강대국들
가공할 무기와 핵전쟁의 위험에
노출되어 있는 인류에게도

흰눈을 통해
하얀 세상을 선물하시며
우주의 창조주님은
따스한 사랑의 메시지를 보내신다

더불어 함께 · 2020

사이좋게 지내거라
서로 돕고
존중하며

사랑을 베풀어라
인류 평화를 위해서

▌내 그림자와의 대화

늦은 시각
밤길을 걷는다

창백한 가로등 불빛 아래
친구 하나 내 그림자

차례로 모습을 드러내는
소나무, 단풍나무, 은행나무, 아파트들

우리는
흙에 뿌리도 안 내리고
높다란 아파트 공중누각에서
평수 따라 도토리 키 재기도 하면서 산다

서로 패거리지어
흠집 내기 물어뜯기도 하는데

우주 영겁의 시간 위에서
우린 그저 하나의
작은 점일 뿐

이 지구에는 풍족한 자원이 있고
그 어디에도 오만 가지 보배가 가득한데
욕심을 따라 아직도
미개한 전쟁놀이가 진행 중인 세계

검은 밤
내 그림자와 묻고 답한다
도대체 왜
무엇 때문일까

힘의 원리

겉으로는 환한 미소,
입으로는 친절한 약속
신의 있는 제스처로
너를 위함이라는 명분으로

가장 무서운 적은
등 뒤에서 칼을 꽂지
비열한 탐욕과 야망과
무자비한 정복의 발톱을 깊이 감춘 채

전류가 강한 데서
약한 곳으로 흐르듯
힘의 원리도 마찬가지
위에서 아래로
센 곳에서 약한 곳으로 작용한다

21세기 광명천지에
천인공노할 살육과
침공을 자행하는 강대국의 만행을
열강들도 자국과의 이해관계로 저울질할 뿐

정의의 편에 서서
무조건 징벌하는 나라가 없다니
국제연합도 유명무실
결코 이대로는 안 되는데
좌시만 하면 안 되는데

보이지 않는 손이
서서히 목을 조여오듯
심란하고 혼란한 뉴스에
뭇 생명들의 비명과 아우성이
귓가에 들리듯하는데

이 와중에도
난 그림을 그리고
시를 쓰고
걷기 운동을 하며
그저 가슴만 먹먹할 뿐

(2022. 2. 25. 러시아의 우크라이나 침공 2일째 뉴스를 보고)

우리는 지금

하루 아침에
정든 삶의 터전이
불바다 잿더미로 변해버리고

가족과 친지들의 주검을
슬퍼할 경황도 없이
오직 살아남고자
거리로 쏟아져 나온 사람들과
무수한 차량의 행렬들

울부짖는 어린이들과
함께 도망조차 못 가는
버려진 노인들의 눈물

사방이 비명소리와 폭음
피맺힌 절규로 가득찬
피난민들의 기나 긴 행렬

누가 이런 아비규환을 가져왔는가
도대체 왜
이런 생지옥을 연출하는가

세계열강들이 수수방관
소극적으로 대응하는 새
흉악한 검은 세력이
힘이 달리는 한 나라의 아름다운 도시들을
그대로 삼켜버리네

우리가 함께 사는
아름답고 평화로운 지구
어찌 이런 일들이 지금도 묵인되고 용납되는가

미래의 두려움 때문에
눈앞에서 벌어지는
부당하고 참혹한 현실을
우리가 계속 외면한다면

마땅히 모두가 달려들어
힘을 합해 응징해야만 하는
악과 분연히 맞서기를 주저한다면

초스피드의

선제공격으로 무조건

먼저 초토화시키는 쪽이

승리하는 게임을

세계가 공인하는 셈

역지사지의 마음으로

한반도의 평화와

불확실한 미래를

깊이 우려해본다.

(2022. 2. 26. 러시아의 우크라이나 침공 3일째 뉴스를 보고)

잔상殘像 · 2022

▌산불

무서워라
강풍 탄 초대형 산불의
검붉은 화염이 며칠째 대한민국 곳곳의
산들을 활활 태우네

화마는 전염병처럼
순식간에 인가마저 덮치고
사방으로 불꽃 튀며 확산되어
잿더미로 만드네

신선한 이슬과
산의 정기를 마시며
수십 년씩 쑥쑥 자라나
저마다 멋진 자태를 뽐내던
다양한 수종의 아름다운 수목들

온몸이 타들어가는 끔찍한 고통에도
아프단 비명 한마디
울음소리조차 못 내고
덧없이 검은 재로 화해버리네

함께 지내던 산짐승,
다람쥐, 풀벌레, 뭇 생명들까지

이 시간에도 불타며
처절하게 울부짖는 너희 비명이
내 귀에 들리는듯
거대한 화마가 삼켜버리는
너희 모습이 가련해서
나 또한 잠 못 이루네

심야에 너희 명복을 빌며
깊은 슬픔에 젖는다

생성 · 2021

오월의 어머니

40여 년이 지난 오늘에도
가슴에 피멍이 든 채
연일 오열을 삼키며
살아가는 이들이 있다

1980년 5월
그 아름다운 계절에
이유도 모른 채 끌려가
돌아오지 않는 사람들

독재타도를 외치다
더러는 길거리에서,
학교에서, 귀갓길에
다시는 못 올 길로 떠나가 버린 사람들

군부의 총칼 아래
비명에 사그라져
암매장당해 시체조차 못 찾은 다수의 주검들

핏빛으로 물든 도시
아비규환 비명소리

가족 잃은 슬픔으로 통곡하는 어머니들

그 피맺힌 절규와
억울한 죽음을 당한 수백 명 영령들의
울부짖음과 흐느낌이
절절하게 녹아 있는
이 5·18의 밤

외지인으로서 이 땅에 살고 있는 나는
비통함에 한이 맺힌 오월의 광주
오월의 어머니들 생각에
뒤척이며 잠 못 이루고 있네

(2022. 5. 18.)

젊은 영령들에게

– 2022. 10. 29. 이태원 참사 영령들의 넋을 기리며*

꿈이 많고 무엇보다
호기심이 가득했던 너희여
어쩌다 하필
그날 그곳에 있었더냐

슬프고 비통하구나
사방에서 옥죄여 오는
불가항력에 억눌려
점점 숨이 막혀오고
숨조차 쉴 수 없었던 곳에

너희 힘으로는 도저히
헤어 나올 수도 없고
너희 비명과 절규에 대한 응답도
구조의 손길도 닿지 못했던
그 사망의 골짜기에

극도의 절망감 속에서
다가오는 죽음을 예감하며
목놓아 울부짖던 그 순간

얼마나 애가 타고 처절하고
고통스러웠겠느냐

꽃 같은 너희 젊은이들의
믿을 수 없는 죽음 앞에서
살아 숨 쉬는 존재인 나는
그저 미안하고 안타까운 가슴으로
삼가 옷깃을 여밀 뿐이다

너희를 지켜주지 못한
오늘의 대한민국에
경종을 울리고 간
해맑고 꽃다운 영령들이여

더 넓고 아름다운 하늘나라에서
함께 간 친구들과
선대 가족들과 어울려
행복한 축제를 즐기시라

이생에서 미처 못다 이룬
열정적인 꿈과 사랑

저 생에서 새 삶을 펼치며

마음껏 원 없이 이루소서

* 2022. 11. 2. (2022. 11. 8. 〈광주매일신문〉 2면에 게재된 시)

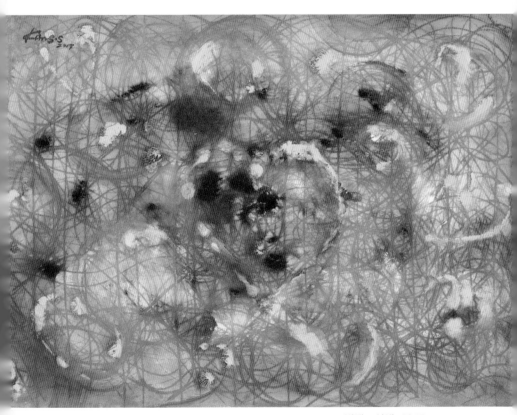

빅뱅 – 상생 · 2017

▍염원

생명을 부여해 주시고
찬미하게 하시니
감사가 넘치옵니다

영원한 시공 속에서
당신의 기쁨이 되게 하소서

손수 빚으신
만물의 조화와
그 찬연한 아름다움을
이 손으로 한층 드러내게 하시고

매일 새롭게
신선한 생명의 기운으로
즐겁게 노래하게 하소서

내 안의 탁한
욕망을 몰아내시고

어린아이처럼 순수하며
보석처럼 빛나는 생각들이
무지갯빛 시가 되어
흘러나오게 하소서

지금 이 순간의 삶에
늘 감사하면서
이끄심 따라
만나는 인연들과
상생하게 하소서

님의 사랑을
실천하게 하소서

빛을 향하여 · 2022

생명의 시, 온유한 화해의 노래

성진기 _ 전남대 명예교수

　김성숙 교수가 강의실을 떠나더니 바야흐로 벼르던 일을 저질렀다. 아니 감행했다. 평소 고요한 강물 같던 김 교수는 그 많은 세월 요동하는 시적 감성을 어찌 은닉하고 살아왔을까.

　실존철학자로 분류되는 독일의 철학자 하이데거(Martin Heidegger)는 '인간은 시인으로 탄생한다'고 말하는데, 하면 김성숙 교수의 시를 짓는 작업은 인간다움의 적절한 처신이다. 더욱 김교수는 미술교육자이자 화가로서 자연과 인간의 형상과 내면을 천착하는 데 훈련된 분이기도 하다. 그러나 이번에는 백지에 물감을 동원, 점과 선의 조형 작업과 달리 글을 쓰는 시인에로의 변신을 시도하고 있다.

　시를 짓기, 시를 쓰기 얼마나 망설이고 고뇌했을지 짐작할 뿐이지만 자기 내면으로부터 솟구쳐 오는 시적 감성을, 요구를 거부하지 않고 운명처럼 품어내는 용기가 경이롭다. 「살며시」에서 고뇌한 흔적이 보인다.

　"무엇을 좋아하는지/ 무엇이 하고 싶은지/ 무엇에 가슴이 설레는지// 그대를 알고 싶다/ 날마다 조금씩/ 살며시" 자기가 좋아하는 일을 해내려는 노력이 참 좋아 보인다.

196

김성숙 시인의 시집 타이틀이 『생의 찬가(生의 讚歌)』인데, 부제는 '감사와 사랑의 노래'다. 일견해 시인은 자신의 삶을 자각하는 인상이 짙다. 삶에 불평하지 않고 찬사를 보내는 태도는 인간의 삶을 향한 헌시(獻詩)를 준비한 것으로 보인다. 원망과 후회의 노래가 아닌 감사와 사랑의 노래를 작심한 듯 쏟아내고 있다. "그 모습 그대로/ 살아 있는 모든 것은/ 아름다워라"라고 「생명 예찬」에서 주먹을 쥐어 보인다. 거기다 시만 가지고는 내면의 마음을 오롯이 드러내지 못한 듯 자신의 회화로 시심을 분출하고 있다.

　　시집에 부제가 있어야 하는가의 문제는 차치하고, 이 시인이 사랑하고 감사하고 싶은 누구 또는 무엇을 제시할지 궁금하게 한다. 사람이 감사와 사랑을 도외시하는 경우 인간의 품격에 결함이 있다고 보면 김성숙 시인은 이 점에서 '성숙'한 것 같다.

　　김 시인의 작품엔 우리에게 낯익은 지명들이 많이 등장한다. 가까이 무등산, 운림동의 동적골, 농장다리, 좀 멀리 여수 낭도가 나온다. 대놓고 지명을 대지는 않았지만 짐작되는 장소도 많다. 시 「백련」은 강진 백련사를, 「꽃무릇 예찬」은 함평 용천사를 떠오르게 한다. 「섬진강 벚꽃길」이야 김용택 시인이 사는 동네다. 「비밀의 숲」에 나오는 "천년 고찰의 동백 숲"은 인적 드문 불회사, 「안개 속의 월출산」에선 "뿌연 안개 속/ 희미한 그대여"라고 읊더니 금방 "푸근한/ 엄마의 모습을 닮은 그대여"로 변신한다. 시인은 어딘가 몸소 찾아가 사생을 하듯이 대상과 풍경을 사유하고 자신의 삶과 접목해 시를 탄생시킨다. 이렇게 풍경은 자연물로 먼 곳에 있지 않고 문학과 예술의 지위를 얻어 인간의 내면에 둥지를 튼다.

한편 김성숙의 시 소재들 역시 촘촘한 감성이 보인다. 바로 작고 흔한 일상 안에서 놓치기 쉬운 삶의 징후들을 잡아낸 소재들이다. 「봉숭아 물들이기」, 「초밥을 먹으며」 등등. 「동태찌개」에서 시인은 "난 오늘도/ 살아 계신 조상님께/ 공양을 올린 셈/ 일상의 식사가 경건한 예배로구나" 살아 계신 조상님은 90이 넘은 노모일 것이요, 일상의 식사를 경건한 예배처럼 소중하게 치르는 건 신앙의 경지다.

특히 「손톱을 깎으며」도 정다운 시재다. 미당未堂도 늙은 시인의 할 일로 아내의 발톱을 깎아주는 얘기로 시를 쓰지 않았던가. 사소한 일상을 눈여겨봄은 마치 '모래알 하나를 우주의 씨앗'으로 인식하려는 욕구 때문일 것이다. 또 예술가는 어둡고 초라한 것들을 위대한 예술로 승화시키는 작업을 수행한다. 마네의 〈넝마주이〉 앞에서 우리는 추한 거지 그 이상을 상상한다. 이렇게 시인은 대상의 심연을 감지하는 능력의 소유자다.

김성숙 시인은 어쩔 수 없이 시대적 존재다. 80년 5월의 광주, 현재는 우크라이나의 전쟁 소식을 접하고 산다. 그래서 시인은 「오월의 어머니」를 쓰고 있다. "외지인으로서 이 땅에 살고 있는 나는/ 비통함에 한이 맺힌 오월의 광주/ 오월의 어머니들 생각에/ 뒤척이며 잠 못 이루고 있네"(2022년 5월 18일). 러시아의 우크라이나 침공 뉴스를 보고 「힘의 원리」를 쓴다. "이 와중에도/ 난 그림을 그리고/ 시를 쓰고/ 걷기 운동을 하며/ 그저 가슴만 먹먹할 뿐" 세계정세를 주시하며 안일한 자신을 성찰하는 시다. 이어 「우리는 지금」에서 나라를 걱정한다. "역지사지의 마음으로/ 한반도의 평화와/ 불확실한 미래를/ 깊이 우려해본다."

김성숙 시인은 자기 안에 깃들어 있는 제 3의 존재를 향해 말을 건다. 그대, 당신, 임이라는 호칭을 사용해 대화를 나눈다. 「임의 뜻대로」에서 "이젠 두렵지 않아요/ 이전에 안 보이던 것들이 보이고/ 나답게 내 삶을 이끌어 갈/ 당당함과 지혜가 생겼어요// 인생이란/ 긴 세월의 경험과 연단을 거쳐서/ 결국은 임께서 의도하신 목적지에/ 다다르는 것이 아닐까요"라고 술회한다. 시인은 천천히 자신의 소망을 키워간다. 「아침의 기도」에서 이렇게 읊는다. "이 손으로/ 많은 이들의 고통과 아픔을 위로하고/ 기쁨과 평안을 주는 그림을 그리고/ 생기를 북돋우는 생명의 시를 쓰게 하소서" 그렇게 함으로써 시인은 자신을 위로한다. 「삶의 길목에서」 "가끔 엄습해 오는/ 막연한 두려움과 어두운 그림자는/ 이 순간 쫓아버려// 너는 본래 기쁨이고/ 사랑이고/ 행복의 전달자인 거야/ 이걸 항상 잊지 마// 사랑의 완성자/ 그것이 너의 존재 이유란다" 이런 인식은 「자문자답」에서 격상된다. "너 지금 이대로/ 행복하니// 더 바라는 건 뭐야/ 어떠한 삶을 살고 싶어?// −중략− // 넌 뭐든지 할 수 있어/ 원하는 대로 될 수 있어/ 그게 바로 너니까/ 너는 신의 걸작품이니까"

시인에겐 무척이나 그리운 사람이 있다. 기어이 꿈길로라도 오시길 애원하는 사람이다. "이 한 몸 세상에/ 만드시고/ 잠시 머물다/ 하늘나라로 떠나신 아빠// 훤칠한 키에 마른 몸매/ 소매를 걷어 올린 흰 와이셔츠/ 긴 그림자를 드리우며/ 내 곁에 산처럼 서 계시던 아빠// −중략− // 살포시/ 꿈길로라도 오소서" 「꿈길로 오소서」에 쏟아낸 소원이다. 아니 눈물이다. 공책의 여백에 눈에 보이는 소소한 것들을 동화처럼 그리는 홀로 계신 어머니 얘기는 하자면 길다. 옆에 계신다고 어찌 그립지 않을 수 있으랴. 허전한 주변을 감싸드리지 못해 어쩌다 어머니를 향한 시를 쓰지만 마음은 늘 아쉽고 애틋하기만 하다.

　김성숙 시인은 가을 연가를 은닉하고 있어 보인다. 「생각하는 대로」에 이런 대목이 있다. "오늘도 나는/ 그리운 사람을 그리워하며/ 마음의 대화를 나눈다" 「신과 함께 사랑을」에서는 "사랑하는 사람과의 대화는/ 최고의 힐링인 거야// 신께서 베풀어주신/ 축복의 시간이니까" 이어 「이 가을에는」에서는 "이제 당신의 뜻을 드러내소서/ 이 가을에 허락하시는/ 한 사람을 통해" 대화하고 함께 여행할 그이를 이 가을엔 허락해 주시라는 바람이 더욱 간절해진다.

　그러나 시인은 「그런 사람」에서 이러한 자신의 소망을 한 차원 대승적으로 승화시킨다. "지그시 눈을 감고/ 누군가를 생각하면/ 그리움과 설렘이 밀려오는/ 그런 사람 있나요// -중략- // 그대도 누군가에게/ 그런 사람이 되어 주세요// 그대 사랑의 힘으로/ 생의 환희를 맛보며/ 자신을 아름답게 꽃피울 수 있도록" 자신 속의 그리움을 키워가며 시인도 누군가에게 "그런 사람"이 되어 줄 결심을 보인다. 그대는 조용히 내 안으로 들어와 따스한 시선과 음성으로 작동한다. 삶의 고뇌를 치유해주는 「내 안의 의사」가 생긴다. 그것은 인격체가 아니다. 스스로 만들어내는 '웃음과 기쁨'이다. '감사와 사랑의 마음은 죽어가는 세포를 살려내고 웃음과 기쁨을 회복시켜 생명을 치유'한다. 내 안에 존재하는 만능 닥터이다.

　시인은 때때로 일탈을 통해 낯설지만 새로운 세계를 노크한다. "가끔은 낯선 길로 들어설 자유/ 익숙하지 않은 것들과 만나는 기쁨// 그들에게서 난 창작의 영감을 얻고/ 오늘도 나만의 무늬를 짜나간다" 「설날의 산책」에 토한 고백이다. 일탈의 목적은 신성한 창작이다. 김성숙은 화가이면서 시인이다. 그림은 무엇인가. 「그림을 그리며」 속의 선언이다. "마음을 비우고/ 진공의 시간으로 들어간다/ 내 무의식 속에 자리한/ 또 다른 나와 만나는 시간" 나와 만나는 어려움 그러나 그 고귀함을 터득한 것이다. 그럼 김성숙이 그리는 시인의 모습은 어떤 것일까. 「시인」에서 소명한 글이다.

옆모습에서 보았네/ 섬세하고 예리한/ 지성적인 눈빛을// 청빈하고 지조 있는/ 준엄함을// 앞모습에서는 놓쳐버린/ 자연과 교감하는/ 순수함과 열정도// 심연과 같은/ 영혼의 깊이도

끝으로 「대보름에」를 얘기해 보자. "정갈하게 흰 종이 앞에 놓고/ 펜을 잡고 있어도/ 첫 구절이 보일 듯 말 듯/ 시상이 손에 잡힐 듯 말 듯/ 시간만 흘러가네/ 시의 첫 줄은 신이 내려 주신다는데" 시 첫 줄 쓰기 참 어려운 일이라는 실토다. 시인은 이렇게 아픈 고백을 하고 있는데 니체의 말을 빌어 위로해보자.

"모든 글 중에서 나는 다만 피로 쓴 것만을 사랑한다. 피로 써라. 그러면 그대는 피가 곧 정신임을 알게 될 것이다." 피로, 정신으로, 영혼으로 쓰는 시의 산고가 어찌 크지 않겠는가.

뭇 생명 있는 것들의 살아 있음에 대한 감사와 사랑을 노래한 김성숙 시인·화가의 시화집 『생의 찬가』 상재를 진심으로 축하한다.

김성숙 시인의 깊은 내면의 세계를 김성숙 자신의 풍요롭고 신선한 언어로 토해내는 시작詩作에 두려움이 없기를 바라며 무한 정진을 기원한다.

내 시와 그림에 창조적 영감의 원천이자
나의 수호천사이신 어머니와 함께.

김 성 숙 (金 聖 叔)

Kim, Sung-Sook 시인 • 화가 • 예술학 박사 • 광주교육대학교 명예교수

● 학력

일본 국립 츠쿠바(筑波)대학 예술학대학원 예술학 박사(예술교육학 전공)

일본 국립 사이타마(埼玉)대학 대학원 교육학 석사(미술교육 전공)

(구)수도여자사범대학 응용미술과 미술 학사

일본 국립 사이타마대학 미술교육연구과정 2년

일본 국립 동경예술대학 미술학부 외국인 객원연구원 1년

● 경력

광주교육대학교 미술교육과 교수

○ 광주교대 교내활동

광주교육대학교 미술교육과 학과장/ 교육대학원 초등미술교육전공 및 문화예술교육전공 주임교수/ 학생생활연구원 원장/ 구)국제문화예술교육센터 센터장/ 누리사업 문화예술운영위원장/ 교수친목회 회장/ 여교수회 회장/ 총장추천위원회 위원장

○ 교외 학술활동

(사)한국미술교육학회 회장·이사장

(사)한국예술교육학회 부회장

한국학술진흥재단 학술연구평가 심사위원

한국학술진흥재단 교과교육공동연구 특별위원

한국연구재단 학술연구 및 사업 평가심사위원

한국교육과정평가원 초등·중등 임용고사 출제위원

(사)한국초등미술교육학회 국제교류의원장

(사)한국미술교육학회 편집위원장, 국제교류의원장

(사)한국조형교육학회 및 (사)한국기초조형학회 이사

(사)한국예술영재학회 및 (사)한국예술치료학회 이사

(사)한국문화교육학회 및 (사)한국홀리스틱교육학회 이사

(사)한국열린교육학회 자문위원

* 서울대학교 미술대학 대학원 외래교수, 조선대학교 사범대학 외래교수,
  한국교원대 대학원 및 중앙대, 국민대, 한성대, 덕성여대, 경인교대(구 인
  천교대), 춘천교대, 영남대 대학원 강사, 홍익대학교 디자인교육원 강사.

○ 해외 학술 활동

InSEA 국제미술교육학회 및 NAEA 미국미술교육학회·CESA 세계비교교
육학회·일본 대학미술교육학회·일본 미술과교육학회 정회원

● 대외 부문 활동

○ 역 임

(사)전국여교수연합회 회장·이사장

교육부 교원양성대학교발전위원회 교수대표

대통령자문정책기획위원회 위원·교육문화분과 팀장

참여정부 정책성과분석단 교육·문화분야 평가위원

참여정부 정책평가위원회 총괄분과 전문위원

대통령부속 아시아문화중심도시추진단 심의평가위원

광주문화재단 지원사업 전문가평가단

5·18기념문화센터 운영자문위원

국립아시아문화전당 어린이문화원 문화콘텐츠사업 평가위원

● 전시

2024 제22회 타워현대여성작가전 (타워아트갤러리, 부산)

2023 김성숙 초대전 – 마음의 시선(보리와 이삭 카페갤러리)

2022 한국미술협회 제25대 임원초대전 (인사동 한국미술관)

2022 제56회 한국미술협회전 (예술의 전당 한가람미술관)

2021 K-Star Journal, Korean Press Association Private View 특별
　　　초대전(K스타저널 한류문화원)

2019 대한민국 50인 작가 초대전 (진한미술관)

　　　제65회 히로시마평화미술전 (広島平和美術展: 히로시마현민 문화센터)

2018 김성숙 초대전 – 찰나에서 영원으로(진한미술관, 광주)

　　　제52회 한국미술협회전 (예술의 전당 한가람미술관)

　　　작가와 이웃돕기 사랑과 나눔전 (진한미술관)

　　　문화 나눔으로 따뜻한 세상을 (진한미술관)

2017 제17회 타워현대여성작가전 (타워아트갤러리, 부산)

2016 10월의 향연전 – 초대작가그룹전 (아트타운갤러리, 광주)

　　　한·일 회화교류전 (광주시립미술관 금남로분관)

2015 일·한 회화교류전 (日韓繪畫交流展: 일본 鳥取縣 大山寺 圓流院 갤러리)

2015 KOREA ART FESTIVAL (Columbus Centre, 캐나다 토론토)

2014 이스탄불 - 코리아 아트쇼전(Cennet Kultur ve Sanat Merkezi, 터
　　키 이스탄불 & 서울시립미술관)

2014 K-아트 프로젝트전 (예술의 전당 한가람미술관)

2013 ART이탈리아 - 대한민국 미술전 (이탈리아 & 서울시립미술관)

2012 한국 DRAWING 50년전 (예술의 전당 한가람미술관)

2021~2023 전우회 회원전 (광주문화예술회관 갤러리, 무등갤러리 외)

2018~2023 광주사생회 회원전 - 광주시립미술관 초대전 외
　　　　(광주시립미술관 금남로분관, 무등갤러리 외)

2014~2023 광주일요화가회 회원전
　　　　(광주시립미술관 금남로분관, 무등갤러리 외)

2011~2023 누드크로키회 토만사 회원전 (무등갤러리, 금봉미술관 외)

2010~2015 한국미술교육학회 회원전 (서울대·한국교원대 교내 갤러리 외)

2009~2013 광주교대문화예술연구소 회원전 (광주교대교육박물관)

2011~2023 군산 공개크로키 초대작가전 외 그룹전 다수 (우제길 미술관 외)

＊현, 한국미협, 광주미협, 누드크로키회 토만사, 광주사생회, 전우회 회원

● 저·역서

저 서 김성숙 시화집『생의 찬가 - 감사와 사랑의 노래』. 2024. 문학들.

공 저『미술교육과 문화』. 2003 (2017 개정 4판). 학지사.

　　　『미술교육의 동향과 전망』. 2003. 학지사.

　　　『미술과 교수•학습방법과 실천』. 2005. 학지사.

　　　『미술 용어집』 2006. 학지사.

『종교성, 미래교육의 새로운 패러다임』. 2007. 학지사.

『문화역량과 문화예술교육』. 2010. 교육과학사.

『꼭 읽어야 할 한국미술교육 40선』. 2014. 미진사.

『초등학교 미술 3, 4』. 교과서 및 지도서. 집필 대표. 2017. 지학사.

『현대미술교육의 동향』. 2018. 교육과학사.

『미술관 교육 다가가기』. 2020. 교육과학사.

역 서『교육은 치료다』. 2001(2017 개정 2판). 물병자리.

『교육의 기초로서의 일반 인간학』. 2002. 물병자리.

『오이트리미 예술』. 2003. 물병자리.

『교육예술 I –수업방법론과 교수법』. 2005. 물병자리.

(2006년도 문화관광부 우수학술도서로 선정)

『예술을 통한 교육』. 2007(공역). 학지사.

『교육의 기초로서의 일반 인간학』, 『오이트리미 예술』, 『교육예술 I
–수업방법론과 교수법』, 2018, 물병자리(전자출판)

○ **등 단** 격월간『현대문예』2023 삼사월호 127호

○ **현 재 (2024년 1월)**

(사)전국여교수연합회 고문

(사)한국미술교육학회 자문위원

(사)한국미술협회 서양화분과 기획이사

현대문예작가회 자문위원

광주광역시 교육청 국제교류 자문위원

생의 찬가 김성숙 시화집

− 감사와 사랑의 노래 −

초판1쇄 찍은 날 | 2024년 2월 6일
초판1쇄 펴낸 날 | 2024년 2월 26일

지은이 | 김성숙
펴낸이 | 송광룡
펴낸곳 | 문학들
등록 | 2005년 8월 24일 제 2005 1−2호
주소 | 61489 광주광역시 동구 천변우로 487(학동) 2층
전화 | 062−651−6968
팩스 | 062−651−9690
전자우편 | munhakdle@hanmail.net
블로그 | blog.naver.com/munhakdlesimmian

ⓒ 김성숙 2024
ISBN 979−11−91277−85−2 03810